ERNEST PRAROND

LES PYRÉNÉES

PAYSAGES ET IMPRESSIONS

1867-1876

PARIS
ALPHONSE LEMERRE, ÉDITEUR
27-31, PASSAGE CHOISEUL, 27-31

1877

LES PYRÉNÉES

PAYSAGES ET IMPRESSIONS

1867-1876

DU MÊME AUTEUR

POÉSIES

DE MONTRÉAL A JÉRUSALEM, *Michel Lévy* frères, 1869.

VERS DE 1873, *A. Lemerre*, 1873.

A LA CHUTE DU JOUR, *A. Lemerre*, 1876.

CRITIQUE

DE QUELQUES ÉCRIVAINS NOUVEAUX, *Michel Lévy* frères, 1852.

LES POËTES HISTORIENS. *Ronsard* et d'*Aubigné*, sous Henri III, *E. Thorin*, 1873.

POUR PARAITRE :

CRITIQUE AUTOUR DE L'ODÉON, études sur la Poésie contemporaine.

PARIS. — Impr. J. CLAYE. — A. QUANTIN et Cᵉ, rue St-Benoît. — [2175].

ERNEST PRAROND

LES PYRÉNÉES

PAYSAGES ET IMPRESSIONS

1867-1876

PARIS

ALPHONSE LEMERRE, ÉDITEUR

27-31, PASSAGE CHOISEUL, 27-31

1877

PRÉFACE

J'ai renoncé pour ce petit volume à une tentation ambitieuse et à un trop grand titre : LES MONTAGNES, *Alpes et Pyrénées.* De justes craintes me font ajourner mes souvenirs et l'imprudence. Les Alpes ont mérité des vers d'Hugo; les Pyrénées s'honorent de ceux de Du Bartas. Il est moins hardi de venir après *les Neuf Muses Pyrenées* qu'après *le Régiment du baron Madruce.*

Avouerai-je un autre propos, faiblement rempli sans doute, celui de faire entrer dans mes vers un peu de la science moderne qui a pénétré plus profondément le monde physique et l'histoire? Indiquer le dessein devant un si mince recueil est déjà trop...

J'aime mieux dire comment les pièces rapprochées aujourd'hui ont toutes été, sinon complétement écrites, au moins, en grande partie, arrêtées pour leur forme, en vue même des lieux qui les ont suggérées.

Chaque jour, pendant mes stations auprès de quelque source antique, honorée d'autels romains, un cheval de louage, frère lointain par Tarbes, et modeste aussi, de ceux de l'Orient, m'emportait dans une direction nouvelle. Je choisissais la route sans guide, — les guides bavards et impatients empêchent de voir et gâtent la jouissance des lieux. — J'allais ainsi à la recherche des impressions aussi loin que ma charité pour l'animal me le permettait, et le volume s'est trouvé fait des griffonnages secoués par la bride.

On comprendra que je n'aie pas voulu réduire à l'usage des touristes des pages que j'ai osé dédier aux montagnes elles-mêmes et aux puissances qui les habitent.

Les dates, l'accident particulier des lieux, n'intéressent que moi. Je garde pour moi ces souvenirs.

Qu'importe au lecteur qu'une auge de pierre

dont l'eau déborde sur l'étroit chemin de Sacourvielle à Castel-Blancat m'ait fourni *les Réservoirs*, que telle autre pièce ait été pensée sur la route de Saint-Sauveur à Gavarnie, telle autre devant un pré des environs de Cauterets, telle autre sur les lacets du port de Vénasque ou du Montné, ou dans les forêts qui font presque des murs de verdure à la Pique remplie de chutes? Si mes vers valent quelque chose, les voyageurs qui ont en eux la lumière de la poésie, sauront bien découvrir des sites auxquels les impressions puissent être rapportées. Quant aux *excursionnistes* bruyants et claquant du fouet, quel souci avoir de ces gens qui jurent dans les sévérités ou dans la grâce des paysages?

Ce qui, je l'espère, ne fera pas doute, c'est que ces pages doivent bien naissance à une contemplation passionnée des monts, des eaux, des arbres, des prés mouillés, des herbes en fleurs.

L'amour de la terre est une vertu. L'homme que l'âge, les voyages, la réflexion ont pénétré le plus de ce sentiment et qui trouve le monde beau, aime aussi les hommes et s'intéresse à tout ce qui peut leur rendre le séjour de la terre heureux. C'est donc un devoir pour lui d'apprendre à ses contemporains, avec sa propre admiration, à admirer la terre et à l'aimer. Les sectaires politiques ou religieux n'ont pas toujours de patrie, substituant aux frontières de leur nation celles de leurs passions. On ne trouvera jamais un mauvais citoyen dans un homme aimant et admirant ses montagnes et ses fleuves, comme un grec aimait l'Eurotas et le Taygète, le Céphise et le Pentélique.

Décembre 1876.

LES PYRÉNÉES

ÉPIGRAMME VOTIVE.

Lorsque le combattant sentait l'âge l'atteindre,
Les flèches que de sang il ne pouvait plus teindre
Il les pendait au mur de la grande Pallas ;
Lorsque le vieux pêcheur, courbé par les ans, las,
Sentait sa main trembler sur ses lignes tremblantes,
Il consacrait à Pan ses rames ruisselantes,
Son épervier garni de plomb et ses roseaux ;
A Pan vouaient aussi l'oiseleur ses réseaux,
Le chasseur des forêts sa toile aux fortes mailles,
Le vieillard des jardins la fleur de ses semailles
Et les fruits, les fruits grecs qui n'ont pas de noyau,
La grenade, le coing, la figue, et le hoyau
Et le manteau troué, compagnons de ses peines ;
A Dèmètèr qui fait monter l'or sur les plaines

Le laboureur offrait le soc et l'aiguillon,
La faux, et les épis tombés sur le sillon ;
Le chanteur consacrait à son dieu la cigale
Qui l'avait soutenu dans la lutte inégale
En sonnant sur la lyre avec sa juste voix
Pour la corde rompue et défaillante aux doigts ;
Au dieu par qui l'Etna retentissant s'allume
Le forgeron vouait le marteau de l'enclume ;
Le vigneron livrait aux satyres buveurs
La jarre où du vin doux écumaient les ferveurs ;
Et moi qui prends plaisir à ces leçons des âges,
Je conforme mes dons aux antiques usages
Et je vous offre, ô monts, ô cascades, ô bois,
Vallons, prés inclinés, ces vers que je vous dois.

PYRÉNÉES ORIENTALES

PYRÉNÉES ORIENTALES

I

Amélie.

Le site est un pli chaud mieux abrité qu'Hyères,
Avec la mer en moins, en plus des hauteurs fières;
Là, tombe dans le Tech le Mondoni bruyant.
L'aspect, l'hiver, est plus sévère que riant;
Au sud, deux rocs voisins font double corne haute*
Au Mondoni qui, hors de la montagne, saute
Puis sur des granits ronds comme un serpent se tord;
A l'ouest, un monticule a pour couronne un fort,

* Aucune forme de lieu ne fait mieux comprendre cette remarque de Ronsard :

> ...Comme on voit ces torrents qui descendent
> Du haut des monts, et flot sur flot se rendent
> A gros bouillons en la vallée et font
> Fendant la terre une corne à leur front;
> Et c'est pourquoy les peintres qui les feignent
> Fleuves-taureaux, au front cornu les peignent.
>
> RONSARD, *les Poëmes*, liv. Ier, *la Lyre*.

Et derrière, chagrin, le Montbolo se dresse;
Au nord, Palalda monte, à demi-forteresse;
La vallée et le Tech gagnent vers l'est la mer.
Le cercle haut du site est ossement sans chair;
Point d'arbres; par miracle, une broussaille rare;
Mais, aux plans rapprochés, une vigne s'empare
De toute pente, aux lieux que l'on connut couverts
De fraîche obscurité sous de noirs chênes verts,
Et de celles qu'aima le soleil, âpres, nues,
Sous ses baisers de feu stériles retenues;
Car le travail de l'homme, infatigable, ardent,
Reprend l'œuvre où céda le soleil fécondant;
Et ce travail de l'homme égratigne les roches;
Et l'on voit s'aligner les sillons sous les pioches,
Les hoyaux ameublir la pierre, un mur d'éclats
S'élever, soutenant le champ sans échalas
Qu'un soleil espagnol dès juin naissant calcine;
Le cep dans le sol neuf enfonce sa racine,
Et dans la grappe basse au-dessus du sillon,
Demain, s'élancera le feu du Roussillon.
Aux environs du Tech, en janvier coupé d'îles,
De grêles oliviers nous font songer d'idylles,
Ou quelques chênes verts de visage latin
Nous rendent souvenir de ceux du Palatin.
Ainsi cette vallée où se serre Amélie,
Apennine, nous fait des regrets d'Italie,
Mais la richesse à part et l'émerveillement
Tout autour de la ville en ce vallon fumant

Est la profusion des sources qui, brûlantes,
Jaillissent de partout, faisant jaunir les plantes
Et promenant plus bas des vapeurs en ruisseaux.
Les femmes du pays viennent emplir leurs seaux
Dans la rue, en cette eau vivante d'une artère
Ici prodiguement ouverte de la terre,
Et l'homme, conservant des tendresses d'enfant,
Se sent en ce vallon près d'un cœur réchauffant.

II

Deux Ports.

I

COLLIOURE

> Guarda 'l calor del sol, che si fa vino,
> Giunta all' umor, che dalla vite cola.
> DANTE, *Purgatoire*, chant XV.

La belle rime, Collioure !
Le bon pays ! le puissant vin !
Le philosophe et le sylvain,
La vestale qu'un voile entoure,

Vénus, blancheur que l'air savoure,
Le Pape lui-même et Calvin,
Estimant tout différend vain,
Uniraient en airs de bravoure,

En chœur confondant mille chœurs,
Leurs poumons, leurs bouches, leurs cœurs,
De disputes remplis naguères,

Si la coupe, d'un rouge épais
Débordante, enivrait de paix
Dans leurs gorges les vieilles guerres.

II

PORT-VENDRES

> Car à la fois sur terre et sur mer ils ont fait briller le fanal rayonnant de liberté.
>
> ANTHOLOGIE GRECQUE, *Anony*

Port-Vendres, *Portus Veneris!*
Ce nom rattache, ô ville aînée,
Fille latine, aux fils d'Énée
Ta naissance et tes propres fils.

Cette mer voit symbole encore
Dans ton demi-cercle riant.
Ton port s'ouvre vers l'Orient
D'où vint ton nom, d'où vient l'aurore;

Et quand l'heure a couvert d'un pli
Ténébreux ce port et la côte,
Ton phare annonce aube plus haute
A l'Orient enseveli.

III

Deux Villages.

..... parvam Trojam.

I

PALALDA

Combien voudrions-nous revoir au fond des âges
Troie, Argos, Albe, Rome, et les premiers usages
Des hommes resserrés aux murs neufs des cités!
Les mœurs, les lois, les arts nés des nécessités,
Les pieds nus reposant un jour sur les sandales,
Les sentiers poussiéreux se revêtant de dalles,
La haute citadelle et les retranchements!
L'image est devant nous de ces commencements;
Ainsi naquit Argos ; dans l'enceinte sacrée
Le fondateur ainsi pressa Rome carrée.
De même, au temps plus vieux, Pallas faisait sortir
Athènes du rocher; Cadmus, venu de Tyr,
Thèbes de la colline ; et Cypsélus, en crainte
Des pirates, posait sur un sommet Corinthe.

Et la peur du Samnite armait le mont Albain,
Et Rome se haussait par celle du Sabin.
Histoire ancienne, autour de Cécrops le pélasge,
Le gaulois devant Rome, et, devant ce village,
Le maure; et c'est la guerre aussi qui décida
A s'escarper de murs, sous ses tours, Palalda.

II

ARLES

Si le Tech est pour nous l'humble image du Tibre,
Un village moins haut nous montre Rome libre,
Rome dans le forum descendue au conseil,
Se promenant, jugeant, décidant au soleil.
Arles est ce village, et le semblant d'empire
De l'ébauche de ville est l'austère Vallspire.
Ainsi Rome eut un jour son domaine borné
Par tout ce qu'un regard enfermait, promené
Du mont d'Albe à Tibur, de Crémère à Laurente.
Par la route qui longe en amont l'eau courante
Et que bat rarement le sabot d'un cheval
Souvent j'aime à venir en ce chef-lieu du val.
Le village est paisible en un grave silence;
Nul bruit; un cri de coq, seul, d'une cour s'élance.
Si la femme est retraite au foyer reculé,
Le forum au dehors virilement peuplé

Est toujours remuant, vivant, des consuls digne;
Les groupes à David eussent fourni la ligne.
Nobles, sobres, laissant désert l'estaminet,
Des hommes, sous le pli phrygien du bonnet,
La ceinture serrée au-dessous de la veste,
Sérieux de tenue, élégants par le geste,
Conversent sans querelle et sans éclats de voix,
Et tels des sénateurs semblables à des rois.

ARIÉGE

ARIÉGE

Antithèse de Grottes*.

L'homme, ennemi de l'ours et destructeur du renne,
Ayant sur lui la neige et sous lui la moraine,
A pris ces rochers creux pour fort et pour terrier.
La pierre armait la main du primitif guerrier,
Chasseur pour l'animal, meurtrier pour son frère,
Et, fils pieux, ayant pour rite funéraire,
Après avoir sauvé l'agonie à l'aïeul,
De lui donner l'azur du glacier pour linceul.

Le guide, un suif en main, nous fait courber la tête
Dans le couloir de l'antre où l'homme aux dents de bête
Se sentait poindre au front d'incertaines lueurs.
Là se roulaient, grondaient et rongeaient les tueurs,
Et, sous la torche encor, parfois, le pic retire
Du lit plat qu'a durci l'homme tigre et satyre,

* Il est inutile de rappeler au lecteur que les voisinages de la rivière l'Ariége sont percés de grottes dans lesquelles on a trouvé, avec des témoignages de la première industrie de l'homme, des débris d'animaux disparus.

2

Avec les instruments que des meurtres ont teints,
Les restes reconnus des animaux éteints.

Dix mille ans sont passés. Au pays de l'aurore,
Dans un rouge désert sans arbres et sans flore,
Aux murs secs d'un torrent percés de cavités,
Alvéoles de saints où des captivités
Volontaires, du seuil, sentent les fleurs du ciel,
Des hommes font amas de fragrances de miel.
Leur bouche a le froment, l'eau du Cédron et l'herbe,
Leur esprit a l'espoir qui deviendra le Verbe*;
L'évangile d'Hénoch leur devance saint Jean;
Ils voient venir l'Élu séparant sur le van
Le grain d'or de la paille; et le pas est immense
De l'aire ensanglantée à la frugale mense,
De l'antre à la cellule, et du carnassier dur
Et que souille sa proie à l'essénien pur.

* J'avais écrit d'abord :

Leur esprit a l'espoir mystérieux, le Verbe,

égaré un peu par l'erreur d'une traduction du livre d'Hénoch, erreur corrigée depuis par les critiques français (voir MM. Vernes et Delaunay). — L'histoire de l'introduction par étapes du mot verbe dans le livre d'Hénoch est curieuse. L'auteur hébreu avait écrit licorne, *rêm;* le traducteur grec, au lieu d'écrire monocéros, avait conservé *rêm;* le traducteur éthiopien de la version grecque lut ῥῆμα et traduisit parole; les traducteurs de l'éthiopien ont traduit verbe avec le sens de *logos*.

Eh bien! la marche encor n'a pas touché le terme
Car toujours fuit plus haut la ligne qui l'enferme
Si la ligne est semblable au serpent qui se mord;
Deïphobe et Virgile et Joël sont d'accord.
Par siècles, jour par jour, l'homme est sorti de terre;
Le genre humain succède au fauve, au solitaire;
L'esprit n'a plus de roc qui pèse sur son vol,
Et c'est la tête aux cieux que nous foulons le sol.

HAUTES-PYRÉNÉES

HAUTES-PYRÉNÉES

I

Le Voyage.

I

HEURES DE NUIT EN WAGON

Sur les blés, les vignes, les brandes,
La paix d'azur tourne sans bruit
En ces grandes heures, plus grandes
De la majesté de la nuit.

Deux pages font la Bible ouverte
Devant nous comme à deux battants,
Deux pages, l'une sombre et verte,
L'autre claire, aux feux palpitants.

Et la page sombre du Livre
Est la terre aux champs travaillés,
La claire est le ciel qui nous livre
Les champs de sphères émaillés.

La nuit parle à travers son voile,
Et, dans le monde bien disant,
J'écoute avec respect l'étoile,
Je cause avec le ver luisant,

Avec la lumière lointaine
Du village qu'on ne voit pas,
Avec la figure incertaine
Du bois qui tord ses mille bras.

Je m'adresse aux arbres. Qu'enseignent
Leurs gestes sous l'influx des vents?
Les arbres jouissent, ils saignent,
Ils chantent, comme nous vivants.

Maintenant j'arrête en sa course
Arcturus pour l'interroger
Sur sa voisine, la grande Ourse,
Que le Dragon va déloger.

Voici l'aube; le champ s'éveille;
L'homme est absent, mais vignes, bois,
Herbe, insectes, tout s'émerveille,
Exulte de vie et prend voix.

II

ENVIRONS DE TARBES

Près de Tarbes un champ m'agrée,
Champ petit dans l'horizon grand ;
Au loin, chaîne démesurée,
Blanchissent les monts de Roland,

De Roland et de Charlemagne,
Où Roncevaux gémit encor
D'un bris de glaive qu'accompagne
L'agonie errante d'un cor.

Mais oublions l'horizon vaste
Pour le petit champ rétréci
Et l'épopée enthousiaste
Pour l'humble idylle que voici :

Rien qu'un arpent ou moins peut-être,
Du maïs et, derrière, un plant
De cerisiers où s'enchevêtre
Une treille au feston tremblant.

Débarrassés des rouges guignes,
Les cerisiers prêtent leurs bras

Aux bonnes grand'mères les vignes
Que les raisins courberont bas;

Et l'églogue charmante étonne
Nos yeux du nord, et Pan sourit
De voir s'enrichir de l'automne
Le printemps qui tôt défleurit.

III

VIGNES ET PRÉS

Les vignes couvrent la colline,
Les rocs desséchés, mais plus loin,
Dans les hauteurs, le pré s'incline,
Vert, pour les récoltes du foin.

Ainsi, le long des Pyrénées,
Entre les deux golfes, l'assaut
Des vignes monte; les aînées
Disent aux nouvelles : Plus haut!

Plus haut où le rocher présente
Sa face émiettée au soleil
Et reçoit l'âme bienfaisante
De l'aube douce au soir vermeil.

Les prés entrent dans les vallées,
Gravissent les monts aux flancs noirs
Sous les pinières dentelées
Et font tapis aux entonnoirs.

Ils aiment les torrents, les gaves
Dont la poussière les nourrit;
Ils aiment, sous les frissons graves
Des bois plus hauts, l'humide bruit.

Et le vin mûrit dans la plaine,
Tirant flamme des rocs brûlants;
Et le lait en fleurs boit l'haleine
Des eaux sous les monts, d'eau croulants.

IV

LA RAMPE

La rampe monte longue; elle suit la vallée
Profonde, sinueuse, abrupte, martelée,
Et qui monte elle-même, en sillonnant leurs flancs,
Dans le corps de ces monts neigeux et ruisselants.
A droite est le rocher, pierre où le métal brille,
Que la mine a rompu, que l'ardent soleil grille
Et qu'un suintement d'eau rend, par places, heureux;
A gauche retentit l'ombre, l'effroi, le creux,

L'eau qui, de chute en choc, tombe, saute et retombe;
Et la route ainsi passe entre un roc qui surplombe,
Menaçant, et le roc qui dans les gouffres fuit
Entraînant le vertige, œil perdu, vers le bruit.
La diligence prend le pas sur la montée,
Et dix ou douze enfants du bourg, bande effrontée,
Courent autour de nous, sautant, criant, chantant,
Demandant charité! — Des mères, contristant
Le ciel même, ont dressé la troupe au lâche ouvrage,
Et, dans ces grands lieux faits pour hausser le courage,
Nous avons à rougir de la mendicité
D'un peuple à qui le mont dit vainement fierté.

II

Les Montagnes.

Halt sunt li pui e mult halt sunt li arbre.
CHANSON DE ROLAND, vers 1271.

I

LES MONTAGNES

Ces hauts monts que je dis sont prophètes qui font
Demeure sur les lieux où les nuages sont.
D'AUBIGNÉ, *les Tragiques, Jugement.*

J'interroge en marchant les monts sur le problème
Offert par leur silence au songeur qui les aime
Et qui voudrait tirer de leurs flancs caverneux
Le secret éternel qui s'enveloppe en eux.
Mille ruisseaux vivants blanchissent leurs abîmes;
Le nuage et l'éclair causent avec leurs cimes;
La végétation qui ne pâlit jamais
Des sapins se poussant prend d'assaut les sommets
Tandis que d'autres bois qui changent de verdure
Et qu'effeuille l'hiver font à leurs flancs bordure,

Et que, plus bas encor, les prés d'herbe et de fleurs
Glissent au gave, épris de concertos ronfleurs ;
L'oiseau même, en juillet, aidé des sauterelles,
Brode le bruit des eaux de festonnements frêles.
Le grillon fait le fifre et l'oiseau le hautbois;
Et comme l'oiseau donne aux buissons une voix,
Le grillon en donne une au champ d'orge ou de seigle.
Plus haut vit l'ours, plus haut l'isard, frère de l'aigle,
Plus haut le bleu, l'éther, l'infini. — « Monts hautains,
Vous les plus rapprochés, Sphinx, des azurs lointains,
Vous qui touchez aux cieux et dominez la terre,
Gardez-vous un secret? Ce secret, d'un cratère,
Peut-il, va-t-il jaillir, tonnant, frappant les yeux,
Pour nous donner le mot de la terre et des cieux? » —
Les monts n'entendent pas et se taisent; leurs crêtes
Sont des pointes, des pics, des sommets, non des têtes.
Ils ont de vastes corps, des ventres; le feu dort
En eux, bravant la soif de savoir qui nous tord;
Les agents et les fins en leurs flancs s'élaborent;
Le courant infini les traverse; eux l'ignorent.
Ils sont beaux, ils sont grands, pleins d'ondes, pleins d'oiseaux,
Mais, malgré la verdure, et les champs, et les eaux,
Les monts n'ont pu tirer d'eux-mêmes la science;
Ils ont puissance et vie, et non l'intelligence.
L'esprit, pour prendre vol, gagne à s'élancer d'eux;
Mais ils ne savent rien, les troupeaux monstrueux.

II

L'HABITATION PYRÉNÉENNE

Le Batave aux flots prend la terre qu'il possède,
Mais c'est au montagnard que la montagne cède.

De loin, sur les flancs nus des monts ou sous le vert
Des buissons courts et noirs dont le roc est couvert,
Vous voyez des carrés de verdure plus tendre
Couturés de canaux où l'eau vient se répandre,
Eau que le montagnard, lui-même, de ses mains,
A soustraite aux torrents et mise en ces chemins.
Des rocs qu'il arracha de la montagne hostile,
Il fit d'abord l'appui du sol par lui fertile,
Puis la maison qui fume et dont l'ardoise luit,
Œuvre toute pareille au travail qu'accomplit
L'oiseau fiant son gîte au flanc des cathédrales.
Le toit saisit, tord, brise et soulève en spirales
Le vent sorti du gave ou des défilés froids.
L'hiver, la neige en tas cache les humbles toits
Et confond la maison sous son drap uniforme,
Comme un simple ressaut de la montagne énorme,
Avec les bastions chargés du même deuil.
L'été même, pas un chemin ne monte au seuil;

Le sentier, serpent mince à sinueuse allure,
Traîne à peine, en grimpant, une jaune éraflure
Parmi le tapis ras d'un gazon calciné,
Lèpre courte attachée au versant ruiné.

Maintenant saluons la conquête sévère,
L'œuvre sainte, toit, clos, champ, construits pierre à pierre,
Sur le mont, sur les rocs croulants, comme le nid
De l'homme, presque oiseau, souverain du granit.

III

MURS DE ROC

Les rochers ne sont pas toujours orgueil de pierre,
Ravissant ou blessant les yeux dans la paupière;
Ils sont vêtus souvent de feuillages, vert-doux
Au printemps, noirs plus tard, après septembre, roux,
Et la variété changeante des arbustes
Met un peu des saisons sur les clivages frustes.
Mais toujours, — tant d'éclat brille en l'austérité! —
Nous aimons l'impeccable et pure aridité.

IV

LE PAPILLON BLEU

Aujourd'hui, dans la montagne,
En cheminant vers l'Espagne,
Autrement dit en rêvant,
J'attendais du haut des cimes
Quelques mots... — Les monts sublimes
M'oubliaient; et bien souvent

Je m'arrêtai sous les roches,
Leur adressant des reproches
Qui n'étaient pas entendus.
Dans la blanche turbulence
Des torrents, même silence. —
Questions, pas, soins perdus.

Imitant le mont superbe,
Se taisaient la fleur et l'herbe,
Le ciel même; et prou ni peu
Je n'en tirai de parole,
Lorsque vint l'esprit qui vole,
Un petit papillon bleu.

V

LES LACS*.

> Et ce sont les yeux bleus au regard calme et doux
> Par lesquels la montagne en extase contemple...
> T. GAUTIER, *Les yeux bleus de la Montagne.*

Le poëte impeccable aimait voir en Espagne,
Pareils à des yeux doux, les lacs de la montagne.
Ici les lacs plus hauts ont bien l'iris des yeux,
Mais leurs bords de rochers vont aux lèvres des cieux;
Le jour s'y désaltère et la nuit semble y boire.
Sous l'ombre et la clarté qui lui font une moire
L'eau pieuse, profonde en l'orle de granit,
Ne peut aimer, chercher, ne voit que le zénith;
Et peut-être, monté vers les sites austères,
Le poëte eût plutôt, en ces lacs solitaires
Hauts sur ceux des sierras, vu des coupes d'azur
Offertes par la terre en culte à l'éther pur.

* J'ai écrit cette pièce à Luchon. Elle trouve place si naturellement ici que je prie le lac d'Oo de la prêter au lac de Gaube.

VI

LES RHODODENDRONS

Vers les plus hauts sommets où finit la verdure,
Luit d'un rose foncé la seule fleur qui dure
Au-dessous de la neige, au milieu des rocs gris
Que cessent de gravir les sapins amaigris.
De l'idée et des sons mystérieuse chaîne!
L'arbre à roses qui porte un nom grec nous ramène
Vers les climats heureux d'où son nom est venu,
Et nous nous souvenons du poëte au front nu,
Homère, puis d'Eschyle; et ce mont, dont la base
Est ibère, pour nous se relie au Caucase,
Et, dans l'illusion de notre œil fasciné,
Nous cherchons sur un pic Prométhée enchaîné.

VII

LE BALCON

Je contemple sous moy l'orgueil des Pirenées.
BREBŒUF, *Pharsale*, liv. I.

Tout à l'entour la scène est grave,
Haute, abrupte; des rocs, des monts,

Des gneiss purs de tous les limons,
Des gouffres où gronde le gave,

De grandes lignes, des sapins
Ébréchant le ciel de leurs têtes,
Ou, témoignages des tempêtes,
Rompus, brisés dans les ravins ;

Des chutes qui font toute blanche
L'eau qui, plus haut, verte glissait
Dans l'ombre verte, — ou bleuissait,
Froide fille de l'avalanche ;

Repos lointains de l'œil plongeant,
Sous le chaos une vallée,
Sous des schistes l'herbe étoilée
D'astres d'or aux pointes d'argent ;

Aux lieux plus rudes, autre flore :
Des rhododendrons accrochés
Aux côtes mêmes des rochers
Que leur rose vivant colore ;

Et parmi tout, montant du val,
Le sentier, défi de l'abîme,
Parfois fait plan, balcon sublime,
Sur le Salvator sans rival.

III

Les Eaux.

Faites jaillir partout des sources argentines,
Ouvrez vos flancs pierreux ..
Du Bartas, *Les neuf muses Pyrenées*, II.

I

LUMIÈRE DANS L'EAU

L'eau fuit sur les cailloux, bleue et verte, en écailles
Miroitantes, d'éclat ondoyant ; les rocailles
D'en bas, les rocs d'en haut, les courts genévriers
Poussant où ne va plus le pied des chevriers,
Les sapins noirs, toujours chargés de sombre vie,
Prêtent à cette eau prompte et comme poursuivie
Des couleurs, des reflets, de l'ombre ; et l'eau, tordant
Sa course entre les rocs qu'elle ouvrit de sa dent,
Est véritablement l'*hydre*, mais, prompte ou lente,
Soit qu'elle glisse ou tombe, arrache au bord la plante
Ou caresse le bout d'un brin d'herbe traînant
Ou s'amasse et s'attarde, irritée, au tournant,
Pour reprendre plus bas sa hâte coutumière,
Elle emporte toujours, comme un trait, la lumière.

Le Python a reçu la flèche du soleil ;
En lui court, non la mort, mais l'éternel éveil
Et, du mont paternel jusqu'à la mer lointaine,
Lui-même, onde luisante, éclaire l'Aquitaine.
Mieux encore, il nous parle, et près du beau serpent
Se tairait aveuglé le noir mythe rampant
Vainqueur d'Ève : « Un rayon dans mon corps diaphane,
Nous dit-il, est entré, chantant ; rien de profane,
O terre et cieux, ô vous, animaux des forêts,
Et vous, hommes, esprits faits pour voir, déja prêts
A comprendre, non rien n'est maudit, n'est indigne,
Dans l'univers divin, pénétré de ce signe
La lumière épiphane ; et, — comme la clarté
Devient part de moi-même, — en toute cavité,
Si sombre qu'on la croie, et pour toute prunelle,
Descend, se fait sensible et vit l'âme éternelle. »

II

L'IRRIGATION

Majoresque cadunt, etc.
VIRGILE.
Claudite jam rivos.
VIRGILE.

Le monde en vain s'étend, en vain le temps agile
Fuit ; partout et toujours le maître aimé, Virgile,

Au monde comme au temps offrira le miroir
Où les choses et l'homme aimeront à se voir.
Vous-mêmes, trop fiers monts pour de communs hommages,
Pouvez en ce miroir accepter des images.
Ainsi j'ai vu sous vous, descendant de plus haut,
Plus longue s'allonger l'ombre, noire plus tôt;
Ainsi... mais je m'arrête humblement aux prairies,
Ici, quand du soleil les herbes sont meurtries,
L'eau, que d'étroits canaux gouvernent, se répand
Sur elles, les arrose et ravive, et leur rend
La force et la couleur ; de quinze en quinze toises
Les canaux sont coupés de barrages d'ardoises ;
Je vois le montagnard hausser la vanne... Alors
Ma mémoire est en fête, et, soit que j'erre aux bords
Du gave ou sur les flancs moyens du mont superbe,
Je retrouve partout ce vers traduit dans l'herbe
Comme au temps où Daphnis tançait le bouc barbu :
Claudite jam rivos... les prés ont assez bu.

III

LE BRUIT DES EAUX PENDANT LA NUIT

Sous le silence des étoiles,
Entre les monts noirs, dentelés
De pins, rien ne s'émeut, ni toiles,
Abri des causeurs attablés,

Ni feuilles, et pas un murmure
Des derniers promeneurs rentrés;
Et le ciel est comme l'armure
D'acier d'azur aux clous dorés

Dont l'œil contemplatif des brahmes
Revêt le corps de Varouna;
Svédenborg y verrait des âmes,
David la tente de Sina.

Spectacle de paix, lettres closes
Bien qu'éclatantes, ne laissant
Luire victorieux des gloses
Que ce titre : Ordre tout-puissant.

Et cependant, en ce silence
Des monts, des hommes et des bois,
Une incessante voix s'élance,
Une voix faite de cent voix,

Des cent voix du gave qui roule
Apportant et mêlant les bruits
Des cascades tombant dans l'oule,
Des brisements dans les circuits.

Et tout l'ensemble est monotone,
Attirant, attachant, profond,
Si peu l'écart d'un son festonne
Le thème unique où tout se fond;

Et l'on ne sait quoi se dégage
De grand et de religieux
De ce chant et de ce langage
Si simplement prodigieux.

IV

Les petits Sphinx.

Les lézards qu'immobilise,
Doux aux siestes, le soleil,
Les lézards d'armure grise,
Au repos, prompts à l'éveil,
Du fond des béatitudes,
Plus le grain du roc est chaud,
Sentent fuir leurs gratitudes
Plus haut vers le ciel plus haut.

Tels Karnak voit sur le sable
Et sous le zénith brasier,
En granit impérissable
Des monstres s'extasier.
Si différente est la forme,
La pose est la même, et si
L'Égypte a le sphinx énorme,
Le lézard frêle est ici.

Sur le rocher que calcine
Midi, terrible aux buissons,

Un son faible vaticine
En leur gorge, écho des sons
Qu'entend sortir de la pierre
Isis assise à Louksor.
Eux, dont tremble la paupière,
Donnent à cet hymne essor :

« Le soleil fait notre joie
Comme il fait celle des sphinx ;
Nous dardons sur notre proie
Des yeux que n'ont pas les lynx ;
Puis nous bondissons, les flèches
Sont moins promptes, — et serrons
Entre nos mâchoires sèches
Les larves, les moucherons.

« Belles des larges coupures
Qui lui font si haut décor,
Les montagnes étaient pures,
Nous les expurgeons encor,
Et, sans nos faims assouvies,
L'air ferait, semant au vol
Les restes de tant de vies,
Germer la mort de ce sol.

« Les joints des pierres posées
En longs murs sur ces torrents

Sont nos antres ; les rosees
Retardent nos jeux errants,
Mais, dès que le soleil monte
Et chauffe le roc séché,
Nous sortons, l'échine prompte,
L'œil à la proie alléché ;

« Et nous veillons en Espagne
Comme en France, tout l'été,
Au salut de la montagne ;
Dans notre immobilité,
Épiant, d'œil et d'oreille,
L'aile fuyante ou le ver,
Ainsi que la neige veille
A sa garde tout l'hiver. »

V

La Diane gauloise.

> Tu es en effet la déesse qui parcourt d'un pas agile les bois frémissants de la montagne, et qui d'une voix terrible excite la meute ardente.
>
> ANTHOLOGIE, *Épig. de Mnasalque.*

Ardoïna, déesse blonde
Dans l'Ardenne qu'abreuve l'onde
De la Meuse aux détours lointains ;
Déesse brune en ces vallées,
Dans les mois torrides, hâlées
Par le soleil des Aquitains ;

De quel pas, déesse gauloise,
As-tu franchi la Seine et l'Oise
Et la Loire, mère des blés,
Et l'ibérienne Garonne,
Pour cette forêt qu'environne
Un cirque de monts dentelés ?

Que tu parais grande et superbe
En ta marche calme sur l'herbe,

En tes bonds du pic au torrent
Lorsque ta course précipite
L'élan, la langue qui palpite,
De tes chiens, groupe dévorant!

« Tu taillas dans le jade et suspends à ta hanche
La hache dont le bois des cerfs fournit le manche,
Tes flèches font voler des pointes de silex;
Combien ces monts, ces bois, des mélèzes aux vernes,
Frissonnent, quand le trait frappe l'ours des cavernes
Ou suit vers l'aigle noir l'ordre de ton index! »

Ainsi j'entendais des chœurs graves
Tombant des monts, montant des gaves.
Te chanter, vierge aux traits vibrants;
Les dieux des cascades prochaines
Et ceux des pins et ceux des chênes,
Hôtes, étaient les célébrants.

Moi-même, en l'abrupte clairière,
Je t'ai vue, ô rude guerrière;
Un clin d'œil, ta blancheur a fui;
L'arc est tombé de ton épaule,
Et, comme tous les bois de Gaule,
Ces bois te pleurent aujourd'hui.

HAUTE-GARONNE

HAUTE-GARONNE

I

Le Voyage.

I

LA FRANCE AU CLAIR DE LUNE

APRÈS LA GUERRE.

Æternumque tene per sæcula nomen.
VIRGILE.

Ce sont des villes, des villages,
Des lignes d'arbres se suivant,
Des verdures planes, servant
Aux rivières courbes de plages ;

Des bois épars, tout de noir teints ;
Parfois des feux sur une pente
Comme de la mer de Lépante
On en voit dans les monts lointains ;

Des moissons, non mûres, mais riches
De promesses pour le mois d'août;
De la fécondité partout,
Nulle part de stériles friches.

Et les vignes! le pampre encor
N'a pas rougi, mais, dans les tiges,
La séve où montent les vertiges
Rêve la pourpre noire ou l'or.

Tristesse pourtant. — Nuit sereine,
Est-ce la faute de notre œil
Ou la tienne? Il semble un grand deuil
Sur la terre où ta pâleur traîne.

Nuit belle sans doute, mais nuit.
On songe à cette nuit plus noire
Où la France est contrainte à boire
L'horreur qu'un dégoût mortel suit.

O deuil qui fais mesurer l'heure
Si lentement, faut-il donc voir
En toi le signe sans espoir
Qui dit : Arrière, aube meilleure?

Le ciel parle et répond : Voic
La lune pleine qui dégage
De l'ombre errante d'un nuage
Son front un instant obscurci.

Et la terre essaie un sourire
Au nocturne voile plus blanc,
Sentant déjà que sur son flanc
L'astre véritable va luire.

Mieux enfin, le jour, nimbé d'or,
S'élance d'un seuil écarlate;
La beauté de la terre éclate;
Notre France triomphe encor.

De Paris à Toulouse, du 1er au 2 juillet 1871.

II

TOULOUSE

Prisca, defuncta lux, Toulouse,
Sur toi quel nuage? Raymond
T'a fait luire en vain sur le mont
Où l'esprit visita les Douze;

En vain t'aime l'eau de Naurouse;
En vain ta Garonne, en amont,
Aux pics sublimes te semond,
Et Vaucluse à tort te jalouse.

Où Cujas, Pibrac, Gondouli,
Et l'honneur jeté par Lulli
Sur Campistron fils de Clémence?

Pourquoi ton ciel même terni?
Le bûcher mort de Vanini
Fume, et voilà la nue immense.

III

MONTESPAN

APRÈS LA STATION DE LABARTHE-ISNARD

> Lorsqu'en un grand ballet de forme singulière
> La cour du dieu Phœbus ou la cour du dieu Pan
> Du nom d'Amaryllis enivrait Montespan.
> V. HUGO, *la Statue*.

Oh! que les jours devaient traîner longues années
Dans ce triste château, désert parmi les bois,
N'entendant que des chiens aux lugubres abois,
Et voyant loin, du haut de ses tours géminées!

D'un côté, l'indécis des pâles Pyrénées
Et, de l'autre, la plaine où le sang albigeois
Des vignes et des blés élève encor la voix
Vers le ciel impassible et les tours ruinées.

Tant d'espace à l'entour d'un esprit sans espoir!
Là, trente ans, sur ce mont, vécut un homme en noir,
En deuil, ne comptant plus les heures condamnées.

Il se promenait seul, n'ayant du sentier choix.
Oh! que les jours devaient traîner longues années
Dans ce triste château, désert parmi les bois!

IV

LES ENTRÉES DE LA MONTAGNE

Plate, humide, fertile, et du nord aérée,
Large encore et parfois entre les monts serrée,
La vallée a gardé le souvenir des blés.
Près des herbages, hauts, en fleurs, courbés, roulés,
Selon que sur leurs flots tourna le vent sans règles,
Le maïs monte, ayant pour grands voisins les seigles;
La rivière n'a pas de bruits rebondissants
Mais au loin, par hasard, sur les monts grandissants,
Des filets d'eau tombant tracent de blanches lignes;
Les arbres sont en bas d'un chant pastoral dignes,
Beaux des feuilles d'avril, qu'octobre fera choir;
En arrière, aux sommets, gravit le monde noir,
Éternel, des sapins dont la feuille demeure;

Au plus loin, un pic nu, faisant ombre, dit l'heure.
Ainsi donc, dans ce mois où commence l'été,
L'accord, en la vallée heureuse, est complété
Par la clémence unie à l'austère visage,
Et cet accord, saisi dans tout le paysage,
De grandeur et de paix sous le Vert souverain,
Fait songer au Mincie, à Virgile, au Lorrain.

Juin, 1876.

II

Vallées et Vallons.

I

LA LUXURE DES EAUX

Vers le dix de juillet quand les prés sont tondus,
Les flots des nestes sont de nouveau répandus;
En longs talus la terre au flanc des monts penchée
Reçoit à pleine soif et boit l'onde épanchée.
C'est un plaisir de voir en mailles le rideau
De perles s'élargir, le pré s'enivrer d'eau.
La volupté du pré nous-mêmes nous enivre;
Un désir de fraîcheur au même bain nous livre;
Nous y plongeons des yeux; nous sentons, nous aimons
Cette eau, bienfait du ciel que tamisent les monts,
La bénédiction qui rend l'humus fertile;
C'est un miroir qui court, une nappe qui stille,
Un pur flot de genèse, amoureux, abondant.
Ainsi j'ai vu du Nil le baiser fécondant

Couvrir l'Égypte en joie, altérée, assouvie,
Pâmée en ses limons, ayant conçu la vie.

Eaux du sol et du ciel, vous tombez, vous courez,
Bonnes, non moins qu'aux lieux par l'homme déchirés
Et dont le soc sans fin rouvre les cicatrices,
Aux incultes déserts, — justes dispensatrices.
Eaux du sol et du ciel, sans vous, le soleil dur
Fût resté roi stérile en l'implacable azur;
C'est vous qui devenez, aux saisons renaissantes,
La provocation des séves bondissantes,
Et qui montez du germe à la tige, à la fleur,
Portant dans les tissus la vie et la couleur;
Et, lorsque je parcours ces heureuses vallées,
Je pense aux eaux du Nil, de si loin dévalées,
Dont fille fut l'Égypte et dont fut aussi fils
L'esprit de l'homme, né des lotus de Memphis.

LA SCIERIE

La neste est plus que charme et voix de la vallée,
Elle est aussi servante humblement attelée
A la roue, à la scie, et fait saigner, crier
Les sapins dont le bœuf couplé fut voiturier.

Fond de val, pont de bois, et chaume et bois l'usine
Simple à faire chercher la hache sarrasine;
Des frênes tels qu'autour le hasard les sema;
Du Ruysdael calme avec des détails d'Hobbéma.
Ainsi le point d'attrait, en ce fond de verdures,
De chemins descendants, de pentes, de bordures
Prairiales, de foin où marchent les faucheurs,
Est l'usine battant et lançant des blancheurs,
L'association de deux forces à l'œuvre
Et l'eau collaborant, la docile couleuvre,
Avec l'homme, l'esprit la pliant au devoir,
Elle, libre, échappée au neigeux réservoir.

Ebauche d'industrie en ce siècle arrêtée,
Que des impatients de doctrine irritée
Gourmandent tes retards! Pour moi, coureur épris
De tout accord vibrant de la terre aux esprits,
Des blancheurs que le flot dans l'écume secoue,
De la discrétion de l'atmosphère où joue
L'ensemble atténué des tons environnnants;
Pour moi complétement heureux des bruits sonnants,
Des pénétrations dont l'ombre a l'habitude,
Du travail donnant vie à cette solitude,
Des ruissellements tels que Harlem les aima,
Je reviens voir souvent mon sauvage Hobbéma.

III

LA VALLÉE HAUTE

Hortus conclusus.
SALOMON.

Des montagnes couronnées de nuages ferment de tous côtés ce vallon perdu.
TCHU-OUAN, poëte de l'époque des Thang.

Le souvenir du roi plus riche que Memphis
Et que Tyr, dont la robe avait l'éclat des lis
Et dont les chants passaient l'or, les baumes, la myrrhe,
Le Carmel cher aux yeux, le Liban qu'on admire,
Vient naturellement dans ce jardin fleuri
Qu'arrose de flots purs le pur Esquierry,
Le plus pur des ruisseaux enfanté par les cimes.
Jardin fermé, ce mot du maître des maximes,
D'autres, *vallon perdu*, *paradis défendu*,
Ont droit de te nommer, val si haut suspendu
Que l'eau tombant de toi par une cannelure
A le temps d'imiter la longue chevelure
De Madeleine en deuil, éplorée et priant.
Le chemin qui vers toi monte, vallon riant,
N'est qu'un sentier de pâtre et que, bien rare, foule
Le pied d'un visiteur libéré de la foule.
Val sans ombre, plus pur que les jardins ombreux,

Plus saint qu'Hétham, l'orgueil fleuri des rois hébreux,
Ton onde ne sort pas d'une source scellée
Mais de la roche où dort la neige inviolée,
Où se pose la nue, où le soleil descend.
C'est l'Ilyssus ibère et chaste adolescent;
C'est le Kérith jaloux d'abreuver un prophète;
C'est le Cédron constant avec des bords de fête.
A l'entour, le Liban s'appelle Cécire,
Vénasque, le Quairat; de neiges éclairé,
L'Hermon est le Maupas dominant Crabioules.
Mais toi-même, vallon qui vers l'orient roules
Tes flots d'herbe et de fleurs en un calme éternel,
N'es-tu pas un morceau détaché du Carmel,
Du Carmel moins sévère en la royale idylle;
Et le fond généreux de ta coupe fertile
Laisse-t-il boire au vent moins d'encens, voir au ciel
Moins d'éclats, que le dos arrondi du Carmel?

IV

PROPHÉTIE POUR LES VALLÉES

Parfois des vallons cultivés
Nous entrons aux combes dantesques
D'où nos yeux d'écume abreuvés
Montent aux pènes gigantesques,

Montent à ces sommets, au loin
Marqués du dernier point de neige
Qui, des siècles glacés témoin,
Fit au renne un lit de Norwége.

Le lichen demeure aux débris
D'une ère obscurément sacrée,
Mais le temps fécond est surpris
Dans son travail qui toujours crée;

Et surpris dans son œuvre aussi
L'homme ordonnateur de la terre;
Accords saints! — Le poëme ici
Arrache des mots au mystère;

Le poëme va droit au vrai;
Et tout, la chose humble ou l'auguste,
Le ciel, l'herbe, le minerai,
Lui donne la syllabe juste.

Chaque pas lui conquiert un vers;
La rime fixe l'onde en fuite,
Vole aux inattendus divers,
Se pose où l'imprévu l'invite.

Ainsi la servent les hasards
Et les rencontres de la route;
Les bœufs sous le joug; les lézards
Que notre ombre met en déroute;

Ces murs de pierres sans ciment;
Ce toit de chaume, et, par derrière
Le ruisseau précipitamment
Hâtant sa chute à la rivière;

Cet encadrement de pré vert ;
La rivière blanche et tournante ;
Ce point du gouffre où l'œil se perd
Sous les frênes, sur l'eau tonnante;

Pressés, bêlant, par le chemin,
Ces troupeaux de brebis à cornes;
Cet enfant qui, la gaule en main,
Pousse des porcs maigres et mornes;

A mi-flanc du mont hérissé
Qui livre des pentes plus douces,
Ce libre troupeau, dispersé,
De vaches d'un blond fauve ou rousses ;

Ce lac dont l'eau jadis s'enfuit;
Le fond stérile encor; les pierres,
Débris roulés d'un mont détruit
Par les primitives rivières;

Les tristesses du lac tari!...
Non, dis mieux; point de plainte, ô rime;
Le temps condamnerait ton cri,
Lui par qui se peuple l'abîme.

Les tristesses de ce désert!...
Ah! dis mieux; le temps aime l'homme.
Peut-être dans mille ans, couvert
Des arbres qui versent la gomme

Et tous les baumes d'orient,
Ce lieu, comblant d'or les corbeilles,
Sera chanté vallon riant
Des orangers et des abeilles.

V

LE PRÉ CHANTANT

(PREMIER VOYAGE)

Il y a dans le chant des cigales je ne sais quoi de vif et qui sent l'été.
PLATON, *Phèdre*.

Sole sub ardenti...
VIRGILE.

Le cadre est un cirque noirâtre
Garni de pins escaladant;
Le tableau, trois vaches sans pâtre;
Mais la vie est un cri strident,

Ce cri de la terre, idyllique,
Répété, rapide, étourdi,
Que Virgile, en sa bucolique,
Fait sonner quand brûle midi.

Vous voilà donc aux Pyrénées,
Aux monts ombreux, gaulois encor,
Cigales grecques, sœurs aînées
Des chanteurs à la lyre d'or.

VI

ERRATUM

(SECOND VOYAGE)

Me pardonnerez-vous, cigales, entendues
Des poëtes anciens dans les myrtes brûlés,
Si, poëte ignorant, je vous ai confondues
Avec les criquets bruns qui vivent dans les blés,
Avec la sauterelle à la verte cuirasse
Qui vit dans l'herbe et fait sonner les prés fleuris?
Un chanteur comme vous, un poëte de race,
Mais trompé par le nord et trompant, bien qu'épris
Et confident comblé de toute la nature,
A part dans mon erreur; et c'est dans la lecture
Du livre où l'oiseau parle, où l'homme et les moissons
Conversent, que j'ai pris, abusé par des sons,
Pour vous les criquets bruns et les vertes locustes;
Mais si je n'entends pas vos hymnes à l'été
En stridentes ardeurs vibrer dans les arbustes,
J'entends monter le cri de la terre en gaîté.

III

Monts et Bois.

I

VERS LES PICS

> ..... Ces pics majestueux s'élèvent comme la pointe d'un glaive et les oiseaux du ciel dans leur vol peuvent seuls y parvenir.
>
> ASSOUR-NAZIR-HABAL, roi d'Assyrie, *Bulletin de Victoires*, traduction de M. Oppert.

Les bois pyrénéens n'ont pas l'horreur divine,
Glissant des deux côtés vers l'immense ravine
Où retentit la Burbe ou le Lys ou l'Oueil,
Ils ne cessent jamais d'échanger du soleil.
Entrecoupés souvent de prés à raide pente
Où des granges de pierre à la haute charpente
Sous le chaume ou l'ardoise ont la garde du foin,
Ces bois grimpants ne sont sévères que de loin.
De près l'aspect farouche a presque des tendresses;
L'herbe désaltérée y reçoit les caresses

D'idylliques ruisseaux qui ressemblent aux pleurs
De Tempé que l'Olympe alimente ; les fleurs
Y poussent ; les oiseaux y chantent ; les insectes
Y brillent ; les fourmis s'y font les architectes
De rondes Palenqués. Vers le haut seulement
Les sapins rencontrés font ombre au firmament
Et souvent pour couronne ont l'épaisse nuée ;
Et la route, en montant ligne diminuée,
Du bord étroit du roc fait perdre assiette aux yeux
Entre le vide abrupt et le grand tour des cieux.
Là, se plaisent, distants, ennemis, solitaires,
Des aigles ; là, parfois, venu des basses terres,
S'arrête un campement de rouges zingaris ;
Là, le contrebandier, sa charge aux bons abris
Déposée, attend l'heure où l'étoile est plus sûre ;
Là, des vents éternels plus vive est la morsure
Et plus libre se sent l'esprit de liberté.
Le val boisé dit paix, le pic nu dit fierté ;
Le pic, ultime accent de la dernière crête,
Laisse bas la lisière où le sapin s'arrête,
Et ses pans aux reflets d'améthyste et de fer
Sont l'éblouissement et l'orgueil de l'éther ;
Là même, au plein orgueil des temps aiment à boire
Deux peuples, et toujours, en pieuse mémoire
Ayant le franc Roland et le Cid espagnol,
Là, se plairont aussi les chanteurs de grand vol.

II

LE DERNIER CHANT DE LA MONTAGNE

> N'as-tu pas considéré que tout ce qui est dans les cieux et sur la terre publie les louanges de Dieu, et les oiseaux aussi en étendant leurs ailes?
>
> MAHOMET, XXIV, 41.

Des sommets dénudés tombait un air plus aigre ;
La végétation s'était faite plus maigre,
L'herbe allant au lichen, les arbres aux buissons ;
Des vals lointains, mouillés, s'étaient éteints les sons ;
Bas, plus bas, voyageaient les odeurs des résines.
En voyant s'abaisser les montagnes voisines,
On se sentait tourner la tête dans le ciel.
Quel gouffre de ce roc au Pentélique, au miel,
Au chant de la cigale, à la mer de l'Hellade !
Tout à coup, un oiseau décocha sa roulade
Au grand silence ému de ce plateau désert.
Surprise! un chant de vie où s'arrête le vert!
Voilà donc le gardien de la hauteur élue,
Le maître, le seigneur, cet oiseau qui salue,
Salve læta dies! gloire au jour qu'il bénit !
Qui dans quelque broussaille encor là fait son nid,
Et, père, chante un hymne aux saints devoirs, ses joies.
Les meilleures clartés du soleil sont ses voies;
Derviche, ermite, il a pour cellule l'azur,
Mais c'est l'anachorète en ménage, un saint pur.

IV

Arbres et Buissons.

I

LE PIN

..... Et casus abies visura marinos.
VIRGILE, *Georg.* II, 68.

Ses vaisseaux monstrueux désertent les forests.
BRÉBŒUF, *Pharsale*, I.

Le pin, la pointe en bas, dépouillé de ses branches
Et sans écorce, expire au lit des avalanches ;
La souche, cramponnée encore au roc natal
Et vivante, plus haut saigne ; brut piédestal,
Le roc apparaît nu, triste et regrettant l'arbre,
Car le pin tire orgueil du granit et du marbre
Et la pierre sauvage et que le vent seul mord
Préfère pour poids l'arbre au bronze auguste et mort.
Le pin gisant ici dans le chemin qui monte
Est suffisamment droit et fort pour qu'il affronte
Demain la mer terrible et les climats divers ;
Les pôles lui rendront, non moins durs, les hivers

De ces monts. — Il dira : Braves sœurs ! aux tempêtes
Qui tonnaient, s'engouffraient, tournaient sous ces arêtes
Et qu'il reconnaîtra soulevant d'autres eaux ;
Il sentira sur lui l'ombre d'autres oiseaux
Que ceux dont l'aile alpestre erre dans le vieux monde ;
Il verra l'Équateur fumant soulever l'onde
En vapeur chaude, afin d'en former ces amas
Fécondants, sous lesquels songent aux monts les mâts
Et qui vont déverser l'aliment et la vie
Aux continents mourant de soif, criant : la pluie !
Dans le calme, ennui lourd pour le mât vertical,
Sa pointe visera le soleil tropical.
Mais, près du pôle sombre, au milieu des aurores
Jaillissant de l'aimant en glaciales flores
Comme sous les clartés terribles du Cancer,
Le pin regrettera toujours le Tuc d'Enfer
Ou la Glère ou la Burbe et la roche entre toutes
D'où, fier, il regardait par-dessus les Gourgoutes,
Et l'éblouissement de la neige et de l'eau,
Et, dans les sapins noirs, les pâleurs du bouleau.
Il vous regrettera toujours, toi, roche mère,
Vous, mousses et lichens, toi, mouche, aile éphémère,
Et, toi peut-être aussi, poëte qui chantas
Sa chute, estimant l'One égale à l'Eurotas,
L'Entécade au Taygète, et, près des nestes closes
De rocs, les merisiers rivaux des lauriers roses,
Et, sous les pics blanchis par le Septentrion,
Les pins, pareils à ceux qui portaient Arion.

II

L'ÉPINE.

Dans un pli de vallon, froid de l'ombre qui tombe,
Une épine fleurit, sourire de la combe,
Au-dessus des cailloux que l'eau plus large épand;
Autour d'elle, le mont s'élève, un rocher pend;
Sur elle, droit en haut seulement, le ciel brille.
Pâlissante, isolée, elle est là sans famille,
Et c'est un vent lointain qui l'a, de lieux plus doux,
Enlevée et jetée en cet enclos jaloux.
Ses pétales ont soif du jour qui passe vite,
Et le sort de pâlir que nulle fleur n'évite
S'impose à celle-ci dès le douteux matin ;
L'eau, son miroir brisé, lui dit le bref destin,
Et l'on songe à la pâle et douce et pauvre fille
Qu'un vent fatal sépare aussi de la famille,
Du foyer, la patrie, et des sœurs, des enfants,
Pour l'enserrer aux murs des cloîtres étouffants.

III

L'ARBRE COUCHÉ

La route entend de haut sonner les ondes blanches;
Du mur cyclopéen qui l'appuie, élancé,

Un arbre horizontal surplombe, étend ses branches
Sur l'abîme et le lit du torrent encaissé.

Que, sous le choc du vent, s'achève un jour la chute
Séculaire, le tronc, d'un coup subit vaincu,
Soulèvera la route en sa dernière lutte
En entraînant le mur où ses pieds ont vécu.

Il aura vu cent ans, sans prendre le vertige,
Monter les eaux qui vont noyer les champs féconds.
Ouï rouler le roc poli, craquer la tige
Et crier le village et se rompre les ponts.

Un moment aura fait sa ruine pareille
A ces morts entraînant tout un monde au tombeau,
Ce qui reste de Rome accompagnant Corneille,
La royauté croulant derrière Mirabeau.

Mais maintenant encore il se tient là, robuste
Et vivace, humecté des écumes d'en bas ;
De ses orteils noueux dans la pierre il s'incruste,
Demi-tombé, gaulois attendant les combats.

IV

LE SUREAU

Mecum loquor hæc, tacitusque recordor.
HORACE.

Entre les monts boisés et parmi les cascades,
Lorsque j'ai pour aspects les cônes embrumés,
Les tusses et les tucs, Entécades, Picades,
Un arbuste me rend des souvenirs aimés,

Mon plat pays, la haie où bombent des fleurs blanches,
Et le lourd payan qui clopine en sarrau,
Et j'oublie un instant la gorge aux avalanches,
Les eaux, le roc grondant, pour ce petit sureau.

V

Au dieu Luchon et aux Nymphes.

I

AU DIEU LUCHON

(PREMIER VOYAGE)

DEO LIXONI FLAVIA. RUFI F. PAULINA
v. s. l. m. (Votum solvit libens meritò.)
INSCRIPTION *d'un petit autel votif.*

Au dieu Luchon, gaulois, ibère,
J'apporte ce don mérité,
Moi, la romaine qu'il libère
Des serres d'un mal irrité.

Au dieu gaulois, au dieu barbare,
Dont le front est ceint d'arbres noirs,
Moi, Pauline que l'heure avare
Privait déjà des longs espoirs,

J'offre avec des mains complaisantes
Cet autel ; j'acquitte le vœu

Fait sur les ondes bienfaisantes.
O dieu Luchon, le puissant Dieu!

II

NYMPHIS
AVG.
SACRVM.

(Inscription d'un autel antique trouvé à Luchon.)

Montagnes et ruisseaux, rocs, bois, vertes murailles,
Eaux chaudes voiturant, des vivantes entrailles
De la terre, la force, afin d'en inonder
— Ainsi l'eau, tiède aux prés, court pour les féconder —
Nos chairs et notre esprit, notre cœur et nos veines,
Quand vous rendiez couleur aux débiles romaines,
Vous ne souffriez pas ce rempart de maisons
Qui vous cache et vous charge; et c'était sur les herbes
Que les eaux, des rocs creux, tombaient en jets superbes.
O nymphes, maintenant votre autel déserté
N'est plus qu'un bloc rugueux bêtement abrité
Sous le toit qui condamne aussi vos eaux à l'ombre;
Et chaque année encor voit des hôtels sans nombre
Et des villas et des chalets historiés
Se disputer le val où, libres, vous couriez.

III

AUX NYMPHES

Athênê recevait des vieilles leur quenouille ;
Le voyageur offrait aux nymphes la grenouille
Dont la voix rauque avait indiqué le ravin
A sa soif, lui livrant l'eau qu'il cherchait en vain ;
Le grammate, sentant se couvrir d'un nuage
Sur Pindare ou Sapho ses yeux usés par l'âge,
Te consacrait, Hermès, le calame au bec noir
Et l'encre qu'il faisait en beaux rhythmes pleuvoir ;
Le buveur ruiné, hélas ! toujours avide,
N'ayant plus rien, t'offrait, Bacchus, un tonneau vide ;
Le vigneron t'offrait un hérisson vivant ;
Le vanneur consacrait son osier courbe au vent ;
Le jardinier, content d'un petit clos, pauvre homme
Mais pieux envers Pan, lui donnait une pomme,
Une figue, un peu d'eau, lui disant : prends ce peu
Des trésors qui sont tiens ; le pâtre au même dieu
Apportait du lait pris. — A vous, nymphes que j'aime,
O victimes du temps, de l'oubli, dont pas même
Les noms dans des regrets constants n'ont pu tenir,
J'offre ce que je puis, bien peu, ce souvenir.

IV

AU DIEU LUCHON

(SECOND VOYAGE)

Fons sacer, hunc multi numen habere putant.
OVIDE.

..... Il est temps que tu rendes
Aux bons dieux les justes offrandes
Dont tu as obligez tes vœux.
RONSARD, *Odes*, liv. III, ode XIV.

C'est à toi, Dieu Luchon, hôte de la vallée,
Dont l'antre est sous le mont qu'aime l'Ourse étoilée,
Que je bois cette eau chaude et vivante par toi;
C'est en toi que je plonge en la tiède paroi
De ce marbre où mon corps boit la vie en ta vie.
Je te salue ainsi que Rufus ou Fulvie
Lorsqu'ils te consacraient l'autel reconnaissant.
Regrettant pour mes vers l'antique et pur accent,
Je te reviens pieux, car ton nom vénérable,
Dieu qui, l'été, te plais sous les pieds d'un érable
Et, l'hiver, sous l'amas neigeux du mont chenu,
N'est qu'un des mille noms du grand Pan méconnu.

VI

Heures diverses.

I

LUMIÈRE DANS LA MONTAGNE

> C'est un saint, celui qui s'est construit ici-bas une maison dans laquelle il entretient le feu, du bétail, sa femme, ses enfants et de bons troupeaux.
>
> ZOROASTRE, *Yaçna*, XXXIII, 2.

La nuit, et de mon lit, par la vitre limpide,
Je vois haut vers le ciel, au flanc du mont rapide,
Briller une lumière exacte chaque soir
Et qui jusqu'au matin donne vie au bois noir.
Cette clarté, trouant l'ombre visionnaire,
M'est devenue amie et compagne ordinaire.
Elle me rend moins longs les instants sans sommeil.
Comme elle ne pâlit que devant le soleil,
Elle semble une étoile immobile, qu'habite
Une pensée aussi, l'âme d'un cénobite,
Ou, mieux, d'une famille unie en la fierté
Des monts, par vœu sauvage ou par nécessité,

Ne craignant pas la peine, aimant l'aube première.
Quels qu'ils soient ces esprits que veille la lumière,
Je les aime et converse avec eux, et comprends
Que l'on aime, à travers les systèmes errants
Des mondes ordonnés, les âmes pressenties,
Les forces, les vertus, toutes les sympathies
Convergentes, l'unique accord, le vaste amour,
En conversant avec les enivrés de Jour.

II

L'ÎLOT DE LUMIÈRE

PREMIÈRES HEURES DU MATIN

> ..... L'œil de Mitra, de Varouna et d'Agni, le soleil, âme de tout ce qui existe, a rempli le ciel, la terre et l'air.
> RIG VÉDA, *Hymne au soleil par Coutsa.*

La profondeur du ciel est depuis longtemps claire,
Mais le mont cache encore au mont l'orbe solaire;
Tout à coup un rayon touche un pin, puis un bout
De rocher, puis le toit d'une grange debout
Dans un coin de pré vert qui semble inaccessible.
Chaque rugosité de rocher sert de cible
Au rayon qui la frappe et rejaillit vibrant.
Une fente du mont à l'opposé s'ouvrant

Ne laisse encor passer que l'île de lumière
Où l'herbe verte rit autour de la chaumière;
Et tout paraît désert : ni troupeau dans le pré,
Ni femme au seuil; mais tout, depuis le toit doré
Jusqu'au vert doux à l'œil, a l'aspect si paisible
Et jeune et lumineux, que l'on surprend, visible,
En ce réveil, l'instant du monde où déborda,
De l'adoration première, le Véda.

III

BRUME CHAUDE

Après les jours de pluie, aux premières brûlures
Du soleil, à midi, les sommets, s'enlevant
Sur un ciel d'un bleu doux, s'enveloppent souvent
D'une brume légère et comme de dorures;

Alors le pré d'en bas prend toutes ses parures
Et chaque fleur qui s'ouvre est un éclat vivant;
Au loin la neige brille et veut briller, avant
De laisser nu le pic aux puissantes carrures.

La brumeuse harmonie en fête d'or se fond,
Et le bien-être emplit la vallée et le mont

Comme un enchantement de force retrouvée.
Azur blond ! toute vie a source en Jupiter,
Et l'on sent que la terre, en toi-même abreuvée,
Heureuse, prend un bain de lumière et d'éther.

VII

Les Rapprochements.

I

LES RÉSERVOIRS

Trois ans d'un vol entier n'ont pas fui sur ma tête
Depuis que devant moi je vis Mâr-Elias ;
Contre un mur du couvent, des gouttes d'eau, la fête
Des yeux dans cet air sec où ne s'égare pas
Un trait d'ombre effilée en nuée inquiète,
Sonnaient dans une vasque et l'emplissaient au ras.

Debout, un jeune arabe à la fontaine avare
Tendait sa bouche avide ainsi qu'un gobelet,
Et l'enfant, aspirant de ses lèvres l'eau rare,
Vêtu court, les pieds nus sur la dalle, semblait,
Petit-fils d'Ismaël que la liberté pare,
Une idylle de Hus au temps où Job parlait.

C'était l'antiquité, l'enfance, l'Idumée,
L'Orient sous son ciel paresseux et brillant ;

Ici, temps souvent gris et la raison semée.
Dans l'Occident actif, mais le monde est riant
Malgré la nue, et l'heure actuelle est aimée
Qui nous reporte au vieil, au très-jeune, Orient.

N'avons-nous pas les fleurs dont le Carmel s'honore,
Des torrents d'Adonis emportant des hivers
Plus d'eau qu'il n'en bondit dans le Liban sonore,
Des lacs d'azur, l'Hermon plus blanc, des sapins fiers?
Plus d'un aspect me rend en ces monts que j'explore
Les aspects d'autres lieux ou des souvenirs chers.

Tantôt, dans le vallon de Burbe, par trois bouches
S'élance un ruisseau vif rappelant le Scardon,
Alors que, sans barrage, échevelant les souches,
Il sautait vers les prés en complet abandon;
Tantôt, parmi des rocs quittant les airs farouches,
Fontainebleau sourit; un hêtre dit Meudon.

Ici, près du chemin, miroite une auge en pierre;
Une eau vierge y descend, qu'elle garde; et chevaux
Y hennissent, et l'homme y trempe sa paupière
Et sa bouche et ses bras fatigués de travaux.
Ainsi, sous les hauteurs de Sion, Simon-Pierre,
L'homme rocher, gardait les préceptes nouveaux.

II

PHILOLOGIE

Au griffon du ruisseau je suspendis ma course :
Comment nommez-vous, dis-je au pâtre, cette source?
L'oun, monsieur,... L'oun veut dire, en langue de ce val,
La fontaine, et ce mot me fit voir, à cheval,
En mailles, lance au poing, les maures de l'Espagne
Descendant les sentiers romains de la montagne;
Car oun résonne aïn du Nedje au Sahara.
Et je me ressouvins d'Aïn-el-Kantara.

III

VIEILLES PEINTURES

Le dessin est naïf, la couleur est absente,
Mais la foi primitive en sa verve innocente
S'affirme sur ces murs. Voici le paradis
Semé des blanches fleurs des prés mouillés, tandis
Que les hauteurs du fond paraissent ordonnées
Sur quelque aspect voisin surpris aux Pyrénées.
Point d'arbres; le jardin, tout austère et fleuri,
Semble se souvenir du val d'Esquierry.

Appuyé sur un coude, Adam sommeille encore;
Eve, la fleur naissante ajoutée à la flore
Des lieux bénis, adore en son ravissement
Dieu qui se tient debout sacerdotalement
Dans le vêtement long qui jusqu'aux pieds le pare.
Dieu le père est très-beau sous sa triple tiare,
La main gauche tenant comme un sceptre une croix,
La droite bénissant en élevant trois doigts.

Ignorance, bonheur de la femme et de l'homme.

Hélas! la scène proche est celle de la pomme.
Au fond est un château. C'est le palais de Dieu
Ou peut-être celui de l'homme en ce beau lieu
Où le poil des troupeaux les vêt pour tout usage.
Dans les fleurs un seul arbre et dans l'arbre un visage
De femme surmontant un long corps de serpent.
Haut pour l'homme, trop peu pour l'animal rampant,
L'arbre est chargé de fruits. La forme de reptile
Qu'arment deux bras se hausse en l'arbre et le mutile,
Et l'animal rusé présente d'une main
Le fruit cueilli de l'autre aux chefs du genre humain.
Le drame est synoptique. Ève, à droite, déjà
Séduite, induit Adam au fait qui nous jugea,
Tandis que Dieu le Père, en bonnet d'astrologue,
A gauche, marche au couple avec un monologue.
Confus, l'homme a déjà pillé les figuiers verts.

Science le plus grand malheur des yeux ouverts.

Dans le cadre suivant les fleurs s'ouvrent encore,
Mais hélas! s'ouvre aussi cette porte d'aurore
Qui demeurera close et sans pitié demain
Et que gardera l'ange, une flamme en la main.
Cet ange est là poussant, l'épée aiguë et haute,
Après Adam piteux et honteux de la faute,
Une Ève un peu ventrue en preuve du péché.

Laideur, produit du crime à tout crime attaché.

Plus terrible est encor le tableau quatrième,
Le dernier jugement et l'enfer sous l'emblème
D'un immense tonneau vivant, ayant des yeux,
Cercle ouvert en museau de poisson monstrueux,
Béant, riant des dents, happant à ronde gueule,
Par paniers, les enfants de l'imprudente aïeule.
De bien loin, nous songeons au *Campo* des Pisans;
De bien loin, tu fus Dante entre les artisans,
Barbouilleur ignorant de toutes exigences;
Et la foi qui t'a fait l'inspiré des vengeances
Te sacre, sinon d'œuvre au moins de sentiment,
Frère des Orcagna peintres du châtiment.

IV

UN VITRAIL DE L'ÉGLISE DE LUCHON

Καὶ εὐθὺς περιέλαμψε τὸν τόπον φῶς μέγα.
Évangile des Ébionites.

Hic Baptista profundo
Lucis flumine mergitur.
SANTEUL, *in festo omnium sanctorum.*

O Jourdain! souvenir qu'illumine le Livre!
Ce vitrail, où la terre et le ciel semblent vivre
Dans l'étincellement de l'Éden, est plus vrai
Que ton eau, que tes bords, que ton ciel révéré,
Plus vrai que l'eau courante et que l'arbre et que l'herbe,
Et que le bleu perlé de l'arc du ciel superbe,
Tels qu'un jour je les vis au gué de Josué
Quand je trempai mes mains dans ton flot salué
Et, contre le soleil trop lourd à mon épaule,
Cherchai dans tes roseaux l'ombre pâle du saule.
Il nous rend, ô Jourdain de Jean et de Jésus,
Une autre vérité transcendante, au-dessus
De celle qu'on saisit dans le toucher des choses,
L'éclair subit rompant le fond scellé des causes,
La minute éblouie où l'océan du bleu,
Portant le ciel, devint translucide sous Dieu.

V

SOUVENIR DE SYRIE

Chemin de Nazareth à Tyr. Près de la route
Nos chevaux faisaient fuir et voler en déroute
Des tribus de criquets aux tons vifs. Nulle part
Je n'avais rencontré camp si prompt au départ,
Tels petits dragons d'herbe aux dessous-d'aile roses
Et voilà qu'aujourd'hui, dans les verdures closes
De murs, de rocs et d'eaux, et sous l'ombre des
Tombant froide parfois comme des monts alpins,
Je rencontre, ô coup d'air venu de Galilée!
Cette terreur d'Égypte, agile, rose, ailée.

VIII

Promenades diverses.

I

UNE RENTRÉE DE FOIN

C'est un bonheur de voir le travail des vieux âges
Cheminer lentement dans de beaux paysages
En la paix des esprits exempts de nos besoins
Et sous l'aspect d'un char qui ramène des foins.
Deux bœufs roux en avant traînent la lourde charge;
L'homme appuie un bâton sur son épaule large,
Et les racleuses vont par derrière, portant
Leurs rateaux à la main. Tout est calme. Pourtant,
Auprès du cavalier que le galop enivre,
Le lézard fuit et l'eau qui passe semble vivre,
Et l'on sent que la force entre dans les poumons
En cet air pur des gens honnêtes et des monts.

II

LE ROCHER

On rencontre à mi-route une cascade blanche
Abreuvant d'eau brisée un hêtre dont la branche
Aux chevaux comme à nous jette un peu de fraîcheur.
Faisons halte un instant devant cette blancheur.
Le cheval qu'irritaient les mouches tout à l'heure
Reste calme lui-même, et ce rocher qui pleure,
Gigantesque larmier du mont pesant sur lui,
Et qui vit le déluge, et que les temps ont fui
Sans l'avoir pu vieillir d'une brève seconde,
L'immobile rocher sur qui tourne le monde
Nous dit : O fugitifs, prodigues de vos pas,
Regardez, respirez, vivez, ne songez pas.

III

LE CIMETIÈRE EN VUE DES MONTS

Monte sub aerio
VIRGILE.

Montagnards n'enviez rien aux villes lointaines.
Grâce aux pierres qu'on taille aux bords de vos torrents,

Vous avez des tombeaux dignes des capitaines
Et dormez sous le marbre ainsi que les plus grands.
Vous avez ce qui reste après toute mémoire,
Une pierre plus sûre ici qu'à Saint-Denis,
Et mieux, le chaud soleil, l'eau qui vous donne à boire,
Et l'éclair, et les monts à votre histoire unis.

IV

LE SENTIER PRÈS DE L'EAU

Ce que j'aime le mieux dans ces tranches grondantes,
Ouvertes dans les monts par les eaux descendantes,
Et qui sont ces grands vals tapissés d'arbres noirs,
Dont les hautes parois font hâtifs les longs soirs,
Ce n'est pas de saisir l'aspect des eaux sonnantes
Du haut d'un mur gardien des routes dominantes
Sur l'ossement rocheux mis par la pioche à nu;
Mais, si le mont permet un sentier peu connu,
De descendre, et de suivre, au plus bas, les eaux franches
Sous ce plus tendre vert que des épines blanches
Étoilent quelquefois de fleurs simples; c'est là
Que cent mille ans la pierre avec l'onde roula,
D'abord dans les chaos, puis sous l'épaisse glace,
Enfin, sous la clarté qui prépara la place,
Au saule, au merisier, à l'érable. C'est là,
Les pieds sur le gravier qu'un pas rare foula,

Que l'on se sent plus seul, plus perdu, plus sauvage,
Et que l'on sent entrer en soi le froid breuvage,
Le calmant du désert, le souffle résigné
Des eaux, l'esprit des rocs de douceur imprégné,
Et, tout autour, monter le legs vert des moraines,
Tous ces bois nés d'hier sur notre monde, frênes,
Vernes, peuples, tilleuls, héritiers de ce sol
Que le ptérodactyle éventa de son vol.

V

LE CHARIOT

Dans le chemin qui monte au flanc de la montagne
En lacet d'où l'on voit par instant la campagne
Chancelante au delà des gouffres effrayants,
Un lourd chariot geint, oscille, essieux criants.
Huit troncs de sapin rouge ont composé la charge.
Deux bœufs lents et prudents, inclinant le front large,
Font effort du sabot et retiennent ce poids;
L'homme marche derrière et d'un étau de bois
Serre la roue; il parle aux bœufs et les conseille;
Au tournant plus rapide et que son œil surveille
Il s'arc-boute du pied pour retenir aussi.
Parfois la courbe est prompte et le torrent, grossi
Par les dégels d'avril, a raviné la pente.
L'attelage, pourtant, d'un pas égal serpente,

Traversant les filets d'eau fuyante, et humant,
Naseaux bas, l'air où chuinte un bruit d'onde écumant.

VI

BRUIT DES EAUX

> Già era in loco, ove s'udia 'l rimbombo
> Dell' acqua, che cadea nell' altro giro.
> DANTE, *Enfer*, chant XVI.

L'eau descend vers la route et tombe en une bouche,
Conduit bas qui la jette en un torrent farouche.
Cette eau, hors du chemin, roule blanche ; on entend
Le torrent au-dessous luttant et combattant,
Mais le lieu du combat de l'eau contre les roches
Est couvert d'arbres noirs. Si l'airain de cent cloches
Un jour prenait les voix humides des torrents,
Il n'en descendrait pas des fleuves différents
De bruits toujours tombants sans que le flot défaille;
Et ce bruit suscitant me poursuit et travaille.
O langue de la terre, ô mystère de sons,
Éloquence sans mots, irritantes leçons !

VII

TEMPS ORAGEUX

Vous êtes bien à moi, monts, forêts, eaux profondes
Qui pressez en fuyant un lit de roches rondes,
Comme de longs serpents ou ces brusques lézards
Que chasse aux joints des murs tout soupçon des hasards.
Le bandeau qui vous couvre à demi, gros d'orage,
Est menaçant assez pour tenir le courage
De la foule peureuse au pied des catalpas
Sous l'ombre qui caresse et qui ne mouille pas.
Vous êtes bien à moi, monts, forêts, eau sonore,
Et si le noir bandeau par instants vous dévore,
Je n'ai pas, coureur sauf, sous les pins, près des flots,
A craindre ces paniers, ces calèches, ces lots
Volants, fleuris, de gens qui viennent en famille
Vous admirer, gâtant l'azur quand l'azur brille,
Et vous banalisant de propos ayant cours
Du Salon de Béziers au Grand-Cercle de Tours.

La mer est toujours belle, étant l'immense coupe,
Soit que, béants, béats, s'y délectent en troupe
Les yeux des sots charmants, soit qu'elle abreuve à part
L'œil d'un contemplateur qui l'admire à l'écart;
Mais, si hautain qu'il soit, le mont a peur de l'homme

Et la chute a besoin de solitude, comme
Le charme virginal qu'aborde un pur désir.

Hier dans ce chemin, tous les gens de plaisir
Et d'ennui chevauchaient, riaient; les équipages
Rayonnaient, emportant aux fraîcheurs, aux tapages,
Et des bois aux torrents qu'un peu d'argent conquiert,
Tous les profanateurs innocents du désert.
A moi seul aujourd'hui, sentiers tournants, eaux, chutes,
Granges, faucheurs de foins, monts où fument des huttes,
Nuages en lambeaux épars au front des bois,
Tout le désert, poitrine ouverte aux mille voix!

IX

Les Vieillards.

I

LE PENSIEROSO

Le montagnard, courbé sous la neige plus lourde
Que celle dont l'hiver exhausse Peyresourde,
Est assis au-devant d'une basse maison,
Les yeux vers le soleil tombant, que l'horizon
Coupe aux derniers remparts du vallon, sa patrie.
La résignation, sur sa face pétrie
Par les ans et broyée, a mis tranquillité.
De la verdeur persiste en sa sénilité.
On voit, en ce déclin beau comme la constance,
Que, mille et mille fois, en sa longue existence,
L'homme prit corps à corps le mont et le dompta.
Ce pic où le soleil s'éteint, il y monta.
Sa main noueuse, main de bucheron stoïque,

— Comme la main des rois de l'Hellade héroïque
Sur un sceptre posait, — pose sur un bâton.
Le vieillard quelquefois incline son menton
Sur ce bois qui soutient sa taille fléchissante.

Et le silence est grave et l'ombre est grandissante.

De pensée, et discret, je m'arrête devant
Ce portefaix de l'âge auguste, le trouvant
Lui, la noblesse humaine ayant pied sur la tombe,
Plus grand que la montagne et que l'astre qui tombe
Et que le Médicis en costume romain
Sous qui rêve la Nuit du sculpteur plus qu'humain.

II

REMARQUE

Plus d'une fois j'ai pu saisir dans ces vallées,
Sur une route, ou bien entre les fleurs mêlées
Aux légumes d'un clos, des soins d'autant pieux
Qu'au contre-cours de l'âge ils descendaient des vieux.

III

DANS UN JARDIN

Hic rarum tamen in dumis olus, albaque circum
Lilia.

VIRGILE, *Géorgiques*, IV.

J'ai cherché loin d'ici le vieillard de Virgile,
Je ne l'ai pas trouvé; j'ai cherché le jardin
Des fèves et des fleurs; et l'antique gradin,
Désert, était gardé par le cactus stérile.

Je retrouve à la fois le clos et le vieillard,
Mais le vieillard, meilleur que l'ancien, à la porte
Qu'aveugle un chaume bas, calme un enfant qu'il porte
Et le berce, et fait taire, à doux soins, le criard.

IV

SUR UN CHEMIN

Je rencontre parfois sur le chemin qui longe,
Étroit, tournant, le gouffre où l'eau bruyante plonge,
Un vieillard à cheval et tenant devant lui
Un enfant sur lequel douze mois n'ont pas lui;

Et le sentier descend, rapide, avec des brèches,
Réparé sur les bords par quelques pierres sèches ;
Et, suintant des rochers, un filet d'eau le fend.
Le cheval est chétif, mais l'aïeul et l'enfant
Vont au pas de la bête en égale assurance,
L'un par insouci vieux, l'autre par ignorance.
Tout est pauvre en ce groupe, austère, triste et grand.
Je songe à l'autre groupe en Égypte émigrant
Que nourrissait la datte et qu'abreuvait la source,
Rassuré, sentant l'ange accompagner sa course,
Joyeux, ayant la mère et le rayonnement.
Ici rien que la ride et que le dévouement
Et la protection tremblante de l'ancêtre
A la débilité d'une aurore de l'être ;
Mais votre grandeur croît sous les cieux éternels,
Monts, de la majesté des vieillards maternels.

BASSES-PYRÉNÉES

BASSES-PYRÉNÉES

Histoire et Légendes.

I

BAYONNE

Je n'y ai trouvé que bons citoyens et braves soldats, mais pas un bourreau.
Réponse du vicomte D'ORTE *à Charles IX.*

Ah! sur ta citadelle et sur tes quatre portes,
Sur tes clochers touchés du soleil matinal,
Sur tes débris romains et sur ton arsenal,
Tes magasins de fer pour tes murailles fortes,

Sur les *chais* glorieux, marchande, d'où tu portes
Aux vaisseaux de la mer le fret de ton canal,
Sur tes ponts de l'Adour, sur ta tour du signal,
Et sur ton Château-Vieux rempli d'archives mortes,

Et sur ton Château-Neuf où sonne le clairon,
Et sur ton *Parc* d'où sort, couché sur l'éperon,
Le beaupré dont la pointe aux mers lointaines vise,

Le prince put grandir dans ce siècle très-grand,
Dans cette aube des arts, dans cet avril fragrant
De renaissantes fleurs, ému de souffles libres,
Où tout vibrait, sonnait, par de nouvelles fibres.
L'enfant, l'homme, gardant au cœur, dans les poumons,
La goutte de vin pur, l'air salubre des monts,
Épela sous Chrestien, mais eut son temps pour maître;
Ses yeux aimaient Vinci, Goujon ; il put connaître
Ramus, Ronsard, de Thou, Cujas*. — Le temps n'est plus
Où l'homme, quelque peu, comme le vent au flux,
Aidait au cours montant de la marée humaine;
Aujourd'hui la marée a sa loi qui la mène;
D'un levain général surgit le gonflement
Et le flot monte seul victorieusement;
Mais alors un héros en mythique costume
Et demi-dieu réel pouvait dire à l'écume :
Lève-toi, fleur des flots, ou, vil crachat, descends.
Autres temps, autre force, autres souffles puissants,
Et c'est par simple jeu que j'écrivais naguère :

Ce roi gascon, soldat, sonnant des mots de guerre
Et dont le cimier blanc valait des étendards,
Ce roi qui sut, galant, « percé de mille dards »,
Avoir la chanson tendre et la larme hypocrite,
Ce roi d'esprit qui sut, époux de Marguerite,

* Il eut aimé sans doute à pouvoir signer comme prince ces mots de Cujas : *Religio imperari non potest, quia nemo cogitur ut credat invitus.*

Autant que Desperriers philosopher de haut,
Ce roi souple qui sut se résoudre au grand saut *,
Ce roi juste qui sut faire l'édit de Nantes,
Ce roi prudent qui sut d'argent, d'armes sonnantes,
Emplir ses coffres-forts, combler ses arsenaux,
Qui s'occupa des ponts, des digues, des canaux,
Qui mourut quand partaient les trompettes sonores,
Peut-être eût de nos jours salué des aurores,
Et conservant au cœur l'aiguillon du soleil
Que, par sa lèvre, y mit le Jurançon vermeil,
En la marche où tout peuple empressé se talonne
Lui-même se fût fait guide et chef de colonne.

* La lettre à Gabrielle du 23 juillet 1593 : « .... Ce sera dimanche que je fairay le sault périlleux, etc. » — Lettres de Henri IV, publiées par M. Berger de Xivrey.

II

Roncevaux.

15 AOUT 778

> Tempore quo Carolus Spanie calcavit arenas.
> *Épitaphe d'*AGGIHARD, *tué à Roncevaux.*
> *Romania*, 1873, p. 147.
> En Rencevals mult grant est la dulur.
> CHANSON DE ROLAND.

Les Francs sont bien encor flux de la barbarie;
Nous aimons cependant ce torrent qui charrie
Entre ses flots troublés la France aux purs destins;
Nous aimons à le suivre en ces temps incertains
Qu'éclaire le soleil, couché, mais grandiose,
Dont un rayon de pourpre au nuage se pose
Et qui force à chercher, en regardant plus haut,
La légende héroïque où l'histoire défaut;
— Ainsi ces cavaliers que voyait la Judée
Se combattre dans l'air; — plus heureuse l'idée
Quand, de haut éblouie, elle retrouve encor
Les faits gravés en bas sur quelque mille d'or.
Voilà pourquoi j'inscris en tête de ces rimes
Le nom d'un compagnon tombé près des abîmes

Quand Roland expirait lui-même, ayant rompu
La roche avec son fer de chair vive repu.

Dans les courtils du ciel, sous des créneaux où veille,
Debout, saint Georges près du centenier Corneille,
A l'entour des gazons de roses enivrés,
Le beau Seigneur Jésus, ses cheveux blonds livrés
Au vent qui fait fleurir les mondes et les âmes,
Marchait, à ses côtés ayant les saintes femmes,
Les apôtres nimbés et les archanges ceints
De baudriers laissant pendre les glaives saints;
Et lui-même appuyait la main sur son épée.
La cour de Charlemagne, en ce jour occupée
De jeux guerriers, oyait les trompettes sonner
Pour Roland que devait l'empereur ordener;
Mais Roland qu'un nom seul éblouissait : JOYEUSE!
Était triste, enviant la lame radieuse.
La Vierge, s'approchant de son fils, dit : « Seigneur,
Ne convient-il pas faire à Roland quelque honneur
Cette veille du jour où l'attend le baptême
De la chevalerie? » Alors Jésus lui-même
Prit de son flanc l'épée, et, pour qu'elle restât
Terrible à tout félon, rude à tout apostat,
Et juste et vengeresse, il appela d'un signe
L'ange qu'il vit, de cœur, aigle, et, de blancheur, cygne:
Et, du geste, le fit entrer dans le métal :
« Garde-la, dit Jésus, jusques au jour fatal; »
Et puis il envoya sur la terre l'épée.

L'âme du preux Roland, en songe, fut frappée
D'un trait de feu tombant du ciel à son chevet;
La digne sœur d'acier de Joyeuse, il l'avait.

Pendant vingt ans*, brisant l'angon, le scramasaxe,
Les heaumes, les hauberts, en Italie, en Saxe,
En Espagne, partout, l'épée avait couru,
Et le monde devant Charlemagne avait cru.
Maintenant elle dort dans une roche noire
Fendue affreusement, et près du cor d'ivoire,
Et l'ange, ayant rempli son devoir glorieux,
Est remonté d'un vol aux belles fleurs des cieux.

Neuf cents ans sont passés depuis que dans ces gorges
Vers Roland descendaient saint Michel et saint Georges,
Et la France, épuisant aux vents l'appel du cor,
A, sur son propre sol, vu la défaite encor,
Vu Ganelon dans Metz, vu, dans son agonie,
Sa dernière fierté par les prudents honnie,
Vu sur ses fils couchés les nuits froides courir,
Et senti dans son cœur tomber, presque mourir,
L'orgueil, l'espoir permis des longues destinées;
Mais, de même qu'un jour, rochers des Pyrénées,

* Roland avait trente-huit ans lorsqu'il fut tué :

Tu. . . . .
Sex qui lustra gerens, octo bonus insuper annos,
Ereptus terræ justus ad astra redis.
Épitaphe de Roland, *Romania*, 1873, p. 148.

Vous ouïtes le cri de vengeance des Francs
S'élever du ravin, descendre sur vos flancs
Envermeillés, ô deuil! de franges purpurines,
Le ciel entend le cri sorti de nos poitrines,
Cri d'amour vers le vaste avenir. Nous crions :
O France, libre enfin des louches histrions,
Mère, garde à la fois vaillance et patience;
Forge le fer, sois force et sagesse et science;
Enseigne; et, s'il te faut quelque jour un tombeau,
Nous le voulons si grand que, du faîte, un flambeau
Lançant au loin, sans fin, prodigue, onde sur onde,
Flots sur flots, ses lueurs, puisse éclairer le monde*.

* Le défilé des Pyrénées remet en mémoire cette strophe déjà ancienne d'un poëme patriotique écrit dans les Pyrénées même, par un poëte des montagnes :

Ah! si vers l'Ebre, un jour, passaient par Roncevaux
Nos soldats, ...
Lève-toi pour les voir, lève-toi, vieux lion :
Plus grande que ton oncle et que Napoléon,
Viens voir la Liberté qui passe.

NAPOL LE PYRÉNÉEN, *Ode à Roland.*

Viens voir la Liberté qui passe; voilà le mot à inscrire sur nos drapeaux, si l'on veut qu'ils redeviennent signes religieux pour le monde.

III

Les Reines de Navarre.

I

MARGUERITE DE VALOIS.

> C'est la princesse à l'esprit inspiré,
> Au cœur esleu.
>
> CLÉMENT MAROT.

> Souvent vostre esprit s'amuse
> Aux saints labeurs de la Muse.
>
> RONSARD, *Odes*, liv. III, ode VII,
> *à la Royne de Navarre.*

Perles, plutôt fleurs, *Marguerites,*
Et vous, *Contes* délibérés,
Comme les étoiles des prés
C'est en ces lieux que vous fleurites ;

C'est en ces lieux que vous guérites
Du regret des Louvres dorés
La reine aux longs jours honorés,
Marguerite des Marguerites.

C'est ici, confidents heureux,
Qu'au sortir des textes hébreux
Elle vous chargeait d'un sourire

Pour Marot qui la célébrait;
Ici qu'elle soulait écrire
Et que naquit Jeanne d'Albret.

II

JEANNE D'ALBRET

L'âme entière aux choses viriles.
D'AUBIGNÉ, *Hist. universelle.*

Celle-là, c'est la forte épreuve
Du monde expirant des Valois,
Défendant contre Rome et Blois
Ses sujets, — l'héroïque veuve

Qu'un poison sauva de l'épreuve
D'ouïr sonner dans l'Auxerrois
Un de ces coups d'État de rois
Qui doublent par le sang un fleuve;

Reine aussi par l'art du sonnet,
Et, quand la trompette sonnait,
Par le dessein prompt qui commande,

Par le conseil persévérant,
Par la voix, le geste ; et plus grande
Que son fils même, Henri le Grand.

III

MARGUERITE DE FRANCE

> Et nunc Palladis æmula
> Margaris.
> JEAN DORAT, *Eglogarum,* lib. II, *in nuptias Henrici Memorantii.*

> C'est la Royne Marguerite
> La plus belle fleur d'élite
> Qu'oncque l'Aurore enfanta.
> RONSARD, Églogue VI.

La dernière est la douce reine,
L'indulgence sans le dédain
Dans du velours incarnadin,
Margot, la perle souveraine,

Dans ses légèretés sereine,
Assez dévote le matin,
Pouvant comprendre du latin
Et mettre un pied dans l'Hippocrène,

Mais sachant trop chasser des gonds
Un mari n'aimant les seconds
Que pour la guerre ou pour la danse,

Large aux couvents, semant denier,
Ayant, mondaine Providence,
Vincent de Paul pour aumônier.

L'HIVER

ENVOI AUX PYRÉNÉES

L'HIVER

Envoi aux Pyrénées.

Monts, à l'heure qu'il est, vous dormez, les épaules
Couvertes de la neige uniforme des pôles;
Sous vos rochers les ours rêvent obscurément;
Le vent lui-même, aigu, perd de son sifflement
Dans les branches d'un poids de frimas avalées;
L'isard chassé des pics contourne les vallées
Et les petits oiseaux entrent dans les maisons;
Les villages, de nids, sont devenus prisons
Où l'on se serre, enclos, du foyer à la table;
Eux-mêmes les troupeaux ne quittent plus l'étable,
Et seuls les bûcherons font retentir les bois
Des meurtres de la hache, étonnant de leur voix
Les couloirs où se tait la chute suspendue;
Mais si, de loin, ma voix de vous est entendue,
O monts, souvenez-vous aussi du promeneur
Qui, près de son feu, tient en culte votre honneur.

Décembre 1876.

TABLE

TABLE

HAUTES-PYRÉNÉES.

HAUTE-GARONNE.

BASSES-PYRENEES.

L'HIVER.

Achevé d'imprimer

PAR A. QUANTIN

POUR

ALPHONSE LEMERRE, LIBRAIRE

A PARIS

PETITE BIBLIOTHÈQUE LITTÉRAIRE
AUTEURS CONTEMPORAINS.

Volumes petit in-12 (format des Elzévirs) imprimés sur beau papier vélin teinté
Chaque volume : 5 fr. & 6 fr.
Chaque ouvrage est orné du portrait de l'auteur gravé à l'eau-forte.

FRANÇOIS COPPÉE. POÉSIES (1864-1869). 1 volume. 5 fr.
— — THÉATRE (1869-1872). 1 vol.. 5 fr.
THÉODORE DE BANVILLE. POÉSIES (1870-1871). *Idylles prussiennes.* 1 volume.......................... 5 fr.
— — *Les Stalactites.* 1 vol......... 5 fr.
— — *Odes funambulesques.* 1 vol.. . 6 fr.
— — *Le Sang de la Coupe. — Trente-six Ballades joyeuses.* 1 vol..... 6 fr.
— — *Les Exilés.* 1 vol............. 6 fr.
ANDRÉ LEMOYNE. POÉSIES (1855-1870). *Les Charmeuses.— Les Roses d'antan.* 1 volume...................... 5 fr.
JOSÉPHIN SOULARY. ŒUVRES POÉTIQUES (1845-1871). *Sonnets.* 1 volume............................ 6 fr.
— — *Poëmes et Poésies.* 1 volume... 6 fr.
SULLY PRUDHOMME. POÉSIES (1864-1865). *Stances et Poëmes.* 1 vol.................................. 6 fr.
— — POÉSIES (1866-1872). 1 vol. 6 fr.
ANTHOLOGIE DES POETES FRANÇAIS depuis le XVe siècle jusqu'à nos jours. 1 volume......................... 6 fr.
BARBEY D'AUREVILLY. L'ENSORCELÉE. 1 vol.... 6 fr.
— — UNE VIEILLE MAITRESSE. 2 volumes............ 10 fr.
LÉON GOZLAN. ARISTIDE FROISSART. 1 vol... .. 6 fr.
GUSTAVE FLAUBERT. Mme BOVARY. 2 volumes... 10 fr.
AUGUSTE BRIZEUX. POÉSIES. *Marie. — Télen Arvor. — Furnez Breiz.* 1 volume........................ 5 fr.
— — *Les Bretons.* 1 volume...... 5 fr.
— — *Histoires poétiques.* 2 vol.... 10 fr.
ANDRÉ CHÉNIER. POÉSIES, 3 vol................ 18 fr.

EN PRÉPARATION :

Les Poésies complètes de Victor Hugo.

Il est tiré quelques exemplaires de cette collection sur papier de Hollande, sur papier Whatman et sur papier de Chine.

PARIS. — Impr. J. CLAYE. — A. QUANTIN et Ce, rue St-Benoît. — [2175].

www.ingramcontent.com/pod-product-compliance
Ingram Content Group UK Ltd.
Pitfield, Milton Keynes, MK11 3LW, UK
UKHW022108190726
13855UKWH00002B/725